그|림|이|있|는|시|집

나도 한 번쯤은
사랑의 송곳에 못 박혀

그|림|이|있|는|시|집

나도 한 번쯤은
사랑의 송곳에 못 박혀

초판 1쇄 인쇄 | 2017년 2월 28일
초판 1쇄 발행 | 2017년 3월 8일

글·그림 | 임경숙

발행인 | 김남석
발행처 | ㈜대원사
주 소 | 06342 서울시 강남구 양재대로 55길 37, 302
전 화 | (02)757-6711, 6717~9
팩시밀리 | (02)775-8043
등록번호 | 제3-191호
홈페이지 | http://www.daewonsa.co.kr

값 12,000원

Daewonsa Publishing Co., Ltd
Printed in Korea 2017

ISBN | 978-89-369-2002-9

이 책의 국립중앙도서관 출판시 도서목록(CIP)은 e-CIP홈페이지(http://www.nl.go.kr/ecip)에서
이용하실 수 있습니다. (CIP제어번호 : CIP2017005231)

그 | 림 | 이 | 있 | 는 | 시 | 집

나도 한 번쯤은 사랑의 송곳에 못 박혀

글·그림 | 임경숙

대원사

그림이 있는 시집을 내면서

이번이 여덟 번째 개인전이고, 일곱 번째 책인 시집을 내게 되어 감사를 드립니다. 그 동안 그림, 패션, 퍼포먼스, 판화, 천연염색, 도자기 등을 다양하게 접하면서 시와 그림이 있는 책을 만들되 그 동안의 작업들을 조금씩이나마 한곳에 소개하고 싶었습니다. 저는 좋은 예술 박테리아로서 꾸준히 최선을 다해 예술가의 길을 갈 것입니다. 세계 속으로 나아가기 위해 우리 것도 알아야 될 것 같아서 한국무용, 아쟁도 배우고 벨리댄스도 배워서 더 풍부한 퍼포먼스도 보여드릴까 합니다.

그리고 제 마음을 대신해 제 시 〈신각설이타령〉 한 편을 올립니다.

자, 논다 놀아 내가 논다
돈다 돌아 내가 돈다
돈을 먹고 돌았냐, 똥을 먹고 돌았냐, 힘들어서 돌았냐
내가 휘청 사지가 휘청
온 세상이 휘청휘청
먹고 돌자, 놀고 돌자
푹푹 싸지르고 돌자
에라, 어디 이 판만이 난장판이냐
놀판 살판 개판 살얼음판이구나

얼씨구씨구 내가 간다, 절씨구씨구 니가 간다
작년에 왔던 고민단지 풀리지 않아 또 푸나
전생에 지닌 욕심단지 죽지도 않아 또 왔나

썰풀어 잘풀어 코풀어 살풀이인가
털자 털어 고민을 털자, 먼지를 털자, 욕심을 털자
털털털 털갈이하자, 탈탈탈 탈각을 하자
주정뱅이 주접 떨고, 아첨뱅이 아첨 떨고
미친뱅이 미쳐 떨고, 가난뱅이 가엾이 떤다
떨리는 것이 어디 이것뿐이냐
살 떨려, 몸살 떨려, 온 세상이 떨려
춤으로 풀어야 하나, 굿으로 풀어야 하나, 눈물로 풀어야 하나
할렐렐루 나무아미 수리 마음 수리, 수리 마음 비우기, 수리 마음 다시 고쳐 세우기

감사합니다. 행운을 빕니다.

2017년 3월 임경숙

차 례

차 례

홀로 있어도

홀로 있어도 외로움을 누리는 의연함을 주소서
홀로 있어도 내 안의 고요함을 맛보게 하소서
홀로 있어도 있는 그대로의 나를 감사하게 하소서
홀로 있어도 우주와 내가 하나임을 알게 하소서
홀로 있어도 만상을 비우고 허공의 적막을 듣게 하소서
홀로 있어도 생명의 신비함에 눈뜨게 하소서
홀로 있어도 나를 비우는 겸손을 배우게 하소서
홀로 있어도 바람의 자유 느끼게 하소서
홀로 있어도 속세의 욕심, 인연의 끈 풀게 하소서
홀로 있어도 온전히 홀로 내가 되게 하소서
홀로 있어도 텅 빈 충만에 머무르게 하소서

91·IM

나의 안드로메다

가장 빠른 인공위성을 탄대도
지금으로선
도달할 수 없는
너……
너여……
너에게로의 길은
처음부터
시작도 없고
끝도 없는
뫼비우스의 띠
헌데
넌
왜
내게
프로메테우스의
사랑의 불을
훔쳐다 주었니?

내가 빈 병으로 서 있으면

내가 빈 병으로 서 있으면
네가 빗방울로 떨어져 널 담을 수 있을까

내가 빈 들판에서 서성이면
네가 운명의 씨앗으로 싹이 터서 자라날까

내가 빈집이 되어 기다리면
네가 나그네로 찾아와 만나질까

내가 빈 하늘로 마중 나가면
네가 구름이 되어 둥둥 떠다니지 않을까

난 아직 뾰쪽한 게 좋아

난 아직 뾰쪽하고 갈기가 확실하고
가까이 있어 신선한 자극을 주는 것이 좋아
늙는다는 건 점점 둥글어져서
자기만의 각을 잃어간다는 것
마음의 평화 누릴지는 몰라도
그 안정감 대신
작은 열정도 사그라지고 말지
불꽃 튀던 사랑도 닳아지면 그리움도 낡아져서
안 보고도 아무렇지 않게 무덤덤해지지
매순간 으르렁거리는 위험한 파도가 있어
바다는 펄펄 살아 있는 거야
아직은 고통에 무뎌지지 않게 담금질하는
뾰쪽뾰쪽한 그리움이 좋아
내 영혼은 언제나
후끈후끈하게 갈기를 세우고 싶어

91. IM

그리움

믿음의 다리 놓기까지
그대와 나 사이
눈물로 흐르는 강이 깊었습니다
안타까운 영혼은
사랑하기에
더 뼈저린 아픔입니다
내가 보고 싶어 하는
그대는
멀리 있어도
꽃의 향기로 피어나고
마주 보지 않아도
그리움의 물결로 출렁입니다
어둔 밤에도
반딧불로 반짝거리고
혼자 있어도
바람의 발자국으로
내 곁을
맴돌고 있습니다

허리케인

아, 그대여
비가 오지 않는 날에도
그리움의 비는 내리고
바람이 불지 않는 날에도
그대의 태풍은 멈추지 않네요
천둥번개 치지 않는 날에도
내 심장은 벼락에 쏘여
하루에도 몇 번씩
번쩍번쩍 감전이 됩니다
눈 내리지 않는 날에도
그대의 눈길에 미끄러지고
구름 끼지 않는 날에도
내 가슴엔
그대의 무지개가 떠오릅니다
오늘도
난 그대의 회오리로
허리케인으로
태풍의 눈 안에 들었습니다

눈물만 흐릅니다

눈물만 흐릅니다
하늘은 파랗기만 한데 내 슬픔 한 조각에도
푸른 멍이 들어 푸른 구름으로 흘러갑니다
운명이 무엇인지도 모른 채 벼락에 맞아
아무것도 할 수가 없어 울고 있습니다
내가 점점 망가져 가는 걸까요?
나를 홀리는 사랑의 유혹에서 길을 잃었습니다
하늘도 슬프고 떠다니는 먼지도 슬프고
우뚝이 선 나무도 슬프고
익숙한 풍경도 눈물나는 슬픔이 보입니다
아픔에도 길들여져 왔고
슬픔에도 익숙해져 있고
이별에도 능숙할 만큼
모진 세월 견뎠는데
그래도 슬픕니다
사랑을 위해
이별을 위해

살아가는 이유를 위해

서러움을 위해

희망을 위해

아픔을 위해

억울함을 위해

기다림을 위해

뜨거운 눈물만 흐릅니다

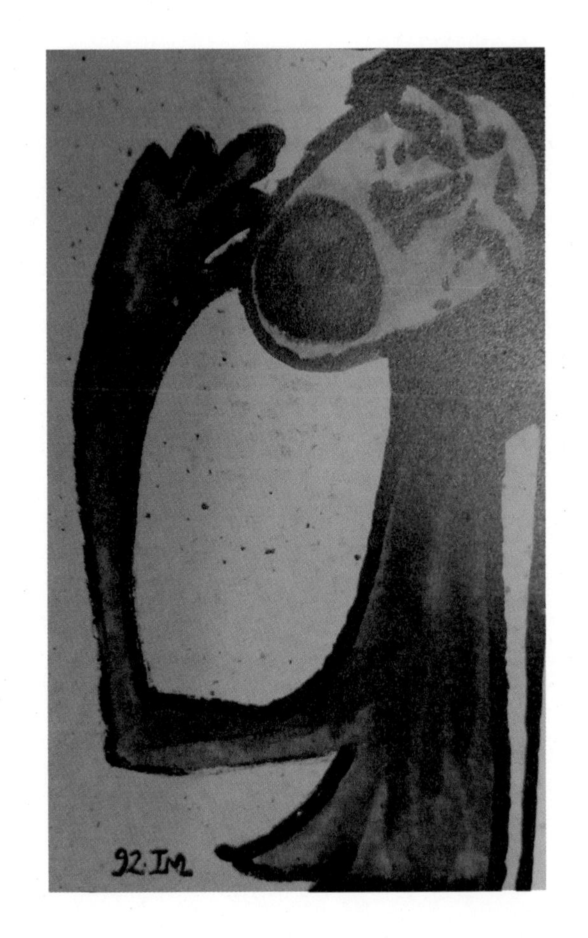

축복

사랑합니다
봄의 새싹으로 내 안에 자라나는 당신
사랑합니다
봄바람으로 손잡아 주는 당신
사랑합니다
봄의 햇살로 따사로운 당신
사랑합니다
봄의 하늘로 바라보는 당신
사랑합니다
봄의 나비로 춤추며 다가오는 당신
사랑합니다
봄 아지랑이로 가슴에 스며드는 당신
사랑합니다
봄의 라일락 향기로 휘감기는 당신
사랑합니다
봄의 그리움으로 내 마음에 품고 사는 당신
사랑합니다

아름다운 세상
가슴에 품고 싶어서

뼈 으스러지게

허리 펴지지 않게

목 굽혀지지 않을 만큼

하혈하면서

절뚝거리면서

광기에 사로잡혀

아름다움에 몰두하고

먹거나 잠자는 것 잊기도 해 봤다

아름다운 세상 가슴에 품고 싶어서…….

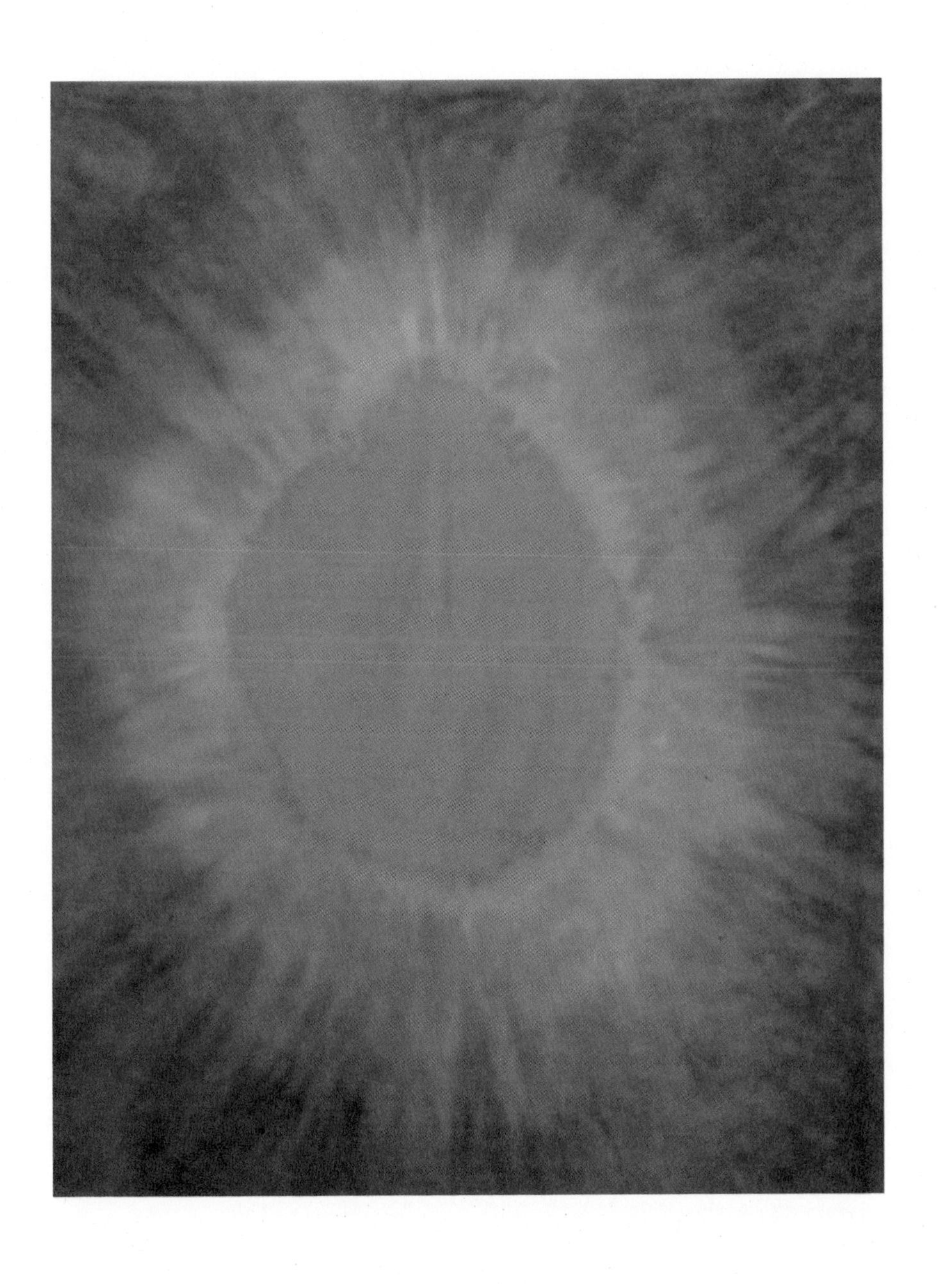

오늘 하루
견딜 만했나요?

사랑하는 그대여
오늘 하루 따뜻했나요?
오늘 하루도 견딜 만했나요?
오늘 하루 내내 보람의 발자국 내딛었나요?
오늘 하루 온종일 그리움도 곱게 가꾸었나요?
오늘 하루만이라도 사랑하는 마음 가득했나요?
그대를 생각하다가 울었습니다
그대를 그리워하다가 또 울었습니다
그대에게 달려가는 마음 막을 수 없어
주저앉아 울었습니다
그대여
보고 싶어서 가슴이 아려 와
울면서 내 마음 달랬습니다

나도 한 번쯤은
사랑의 송곳에 못 박혀

수난의 피 흘림으로
부당한 억울함에 못을 박고 피 흘립니다
채울 수 없는 목마름에 못을 박고 피 흘립니다
온몸이 피곤에 절어 못을 박고 피 흘립니다
사는 일이 무능하여 못을 박고 피 흘립니다
너를 용서하지 못해 못을 박고 피 흘립니다
작은 일에도 화가 나서 못을 박고 피 흘립니다
살고 싶지 않을 때 못을 박고 피 흘립니다
슬픔에 애통하여 못을 박고 피 흘립니다
이기심이 폭발할 때 못을 박고 피 흘립니다
사랑에 다가갈 수 없어 못을 박고 피 흘립니다
내 안에서 나보다 더 나를 잘 통찰하신 이여
사랑으로 대신하여 짊어지신 피 흘림의 십자가
나도 한 번쯤은 사랑의 송곳에 못 박혀
순수한 참회의 피 흘리게 하소서

그대여

그리움이 사랑이라면
날마다 보고 싶어 하는 간절함으로
그대를 사랑합니다
아파함이 사랑이라면
그대를 떠올릴 때마다
눈물 흘리는 내 심장이
그대를 사랑합니다
안타까움이 사랑이라면
그대가 힘들어할 때 함께하지 못해
잠 못 이루는 깨어남으로
그대를 사랑합니다
끝까지 믿어 주는 신뢰가 사랑이라면
내 영혼의 믿음의 나무로 커나가는
그대를 사랑합니다
아름다운 헌신이 사랑이라면
기도의 불꽃으로
기약 없는 기다림으로
그대를 사랑합니다

기 도

꽃이 피면 꽃망울에 기도해요
우리 사랑 꽃으로 피어 향기 나라고

바람이 불면 바람에게 속삭여요
마음이 파도로 출렁여도 사랑의 바다에 남겠노라고

온몸이 아파도 아픔에게 하소연해요
너를 위한 고통에만 눈물 흘리겠다고

하늘의 별을 보고 손을 내밀어요
사랑은 영혼에 뜨는 아름다운 형제별이라고

내 영혼의 나이아가라 폭포

그대는 내 안에
나이아가라 폭포를 안겨 주었습니다
부서지고 또 부서져도
떨어지고 또 떨어져도
마르지 않고 흐르는
사랑의 폭포가 되었습니다
무지개가 뜨고 용오름으로 치솟는
아름다운 사랑입니다
여기서는 미움도 사악함도 실망도 없는
순수입니다
타오르는 불길보다 더 맹렬한 것이
낙하하는 폭포의
전력투구입니다
이미 아름다움에 홀리고 물들어
그 누구도
이 디오니소스적 도취에서
날 멈추게 할 수는 없습니다

그대를 만나

내 영혼은 나이아가라 폭포가 되었습니다

멈추지 않는 아름다운 폭포는

그리움을 향한

목마른 내영혼의 광시곡입니다

내가 우는 까닭은

내가 우는 까닭은
풀리지 않는
마음 때문입니다
오도 가도 못하는
그리움 때문입니다
서러운 수수께끼의
인연 때문입니다
그대 그림자를 안고
더 가까이 다가갈 수 없는
애처로움 때문입니다
목마름을 비우고
외로움까지 비우고
아직 비우지 못한
기다림의
슬픔 때문입니다

파 랑

파랑에 빠져들어요
하늘이 파랗고
바다가 시퍼렇고
외로움이 푸르디푸른
쪽빛입니다
그리움의 길도
푸른 눈물길이지요
슬픔에 잠길 땐
세상이 온통
새파랗게 멍이 든
호수로 출렁이는데
희망의 색도
푸르름이라지요

슬픔이 다하면
희망이 오고
기쁨도 기울면
쓸쓸해집니다
공수레 공수거
색즉시공 공즉시색
투명한 파랑에 잠겨 봅니다

꽃이 지면 어이할까

사랑하는 그대여
꽃이 지면 어이할까
그리움을 꽃 잎새마다
알알이 매달았는데
보고픔을 바람의 손에
살며시 묶어 뒀는데
꽃이 지면
내 그리움도 함께 떨어질세라
바람이 세차게 불면
내 보고픔도 함께 떠밀릴세라
오늘도 그리움의 동구 밖에 서서
울고 있네요
오늘도 사랑의 서풍으로
아프게 눈물만 흘립니다

91.IM

카르멘의 노래

난 불꽃이야
뜨거운 활화산이야
꺼지지 않는 하이브리드 가스야
광기 서린 황홀
그것이
사랑이든
예술이든
인생이든지 간에
온 생명을 불사를 수 있는
매서운 매혹이라면
무조건이 좋아
아낌없이 나를 헌신할 수 있는
거침없는 열정으로
죽음 따윈 두렵지 않아

부서지고 깨어져도
난 영원한 아름다움에 홀려
그 길을 가고 말 테니까
평온한 성자보다는
차라리 비참할지라도
깨어남의 불을 훔치고 벌을 받는
프로메테우스가 더 좋아

돈키호테의 꿈

바랄 수 없는 것을 향해 꿈을 꾸고
이룰 수 없는 것을 향해 돌진하고
멈출 수 없는 것을 향한 열정으로
계산되지 않는 무리수의 기사도
풍차와의 싸움은 바보와의 전투이나
현실에 결코 안주하지 않는
모험하는 영혼의 순례자여!
난 오늘도
돈키호테의 꿈에 돛대를 달고
아름다운 풍차를 찾아
인생의 거친 바다를
저 멀리까지 항해하리
그 풍차가 터무니없는
신기루일지라도
순수를 향한 꿈이라면
후회하지 않으리
쓰러져도 다시 일어서는
용감한 돈키호테처럼…….

황진이의 사랑

열두 남정네 다녀가도
내 맘엔 오직 한 사람만 꽂혔네
내가 탐하는 건
몸뚱아리만의 뒤엉킨 땀이 아닌
영혼이 서로 뒤엉켜
피눈물을 흘려도
하늘의 별과
풀잎의 흔들림과
섬세한 미풍 같은 자유도
주거니 받거니 믿어 주는
그런 사랑이었네
죽은 무덤가에 잔을 권할지언정
내 영혼을 함부로 팔지 않았네

내가 사랑한 사람
오직 한 사람뿐이었네
다이아몬드 같은 사람
모든 돌멩이를 자를 수 있어도
자신은 부러져도 결코 망가지지 않는
독야청청 보석으로
빛나는 영혼을 지닌 사람을

그리움이 잠이 들까

풀처럼 누우면
그리움이 잠이 들까
물처럼 낮은 곳으로 흐르면
그리움도 낮게 흘러갈까
먼지로 가만히 쉬면
그리움도 고요해질까
아 아
땡볕에 타는 나락모가지 되어
그리움이
자꾸
나를 목마르게 합니다
사랑하는 이여
그리움의 사막을
바람으로
소낙비로
젖은 이슬로라도
그냥 축이며 적시며
지나갈 수는 없나요?

시뮬라시옹

지우개로
나를 지워 봅니다
내 생각을 지우고
내 느낌을 지우고
내 소망도 하나씩
표백을 시킵니다
정말 어디에도 없는 그대여
내 마음이 그려 낸 환상에
잠들지 않는 열정에
공포를 느낍니다
어쩌면 대상 있는 그리움이라 믿었는데
철저히 침묵만 하는 어둠에
'존재와 무'의 늪에 빠졌습니다
어디에도 없는 그대를 향하여
뜨겁게 흐르는 눈물
이 절망만이
시뮬라시옹*이 아닙니다

*시뮬라시옹 : 가상 세계

유니크한 돌

유니크한 돌
특별한
거기 그 자리
각별한 인연으로
놓여 있는 붙들림
나의
그대처럼
돌은
아무것도 아니면서
모든 것의
의미가 된다
서로에게
꼭 붙잡힌
까닭으로
아름다움의
고집스런 위치
오직 거기
그 자리

색의 불꽃

빨강을 짜낸다
피로 흐르는 생명력을
노랑을 짜낸다
태양이 떨어져 뒤섞인다
파랑을 짜낸다
캔버스 위에서 파도가 넘실댄다
색은 색끼리 부딪혀 불꽃을 튀기고
피와 태양과 파도를 만진 손이
그 순간 부서져 내린다
내 심장에 꽂힌 불화살을 꺼내어
유성이 우주에다 섬광으로
번쩍이는 그림을 그리듯이
내 영혼의 화폭에도
피로 흐르는 서러움을
태양으로 이글거리는 열정을
파도로 넘실대는 그리움을
일필휘지로 불화살의 붓자루로
휘갈겨 보고 싶다

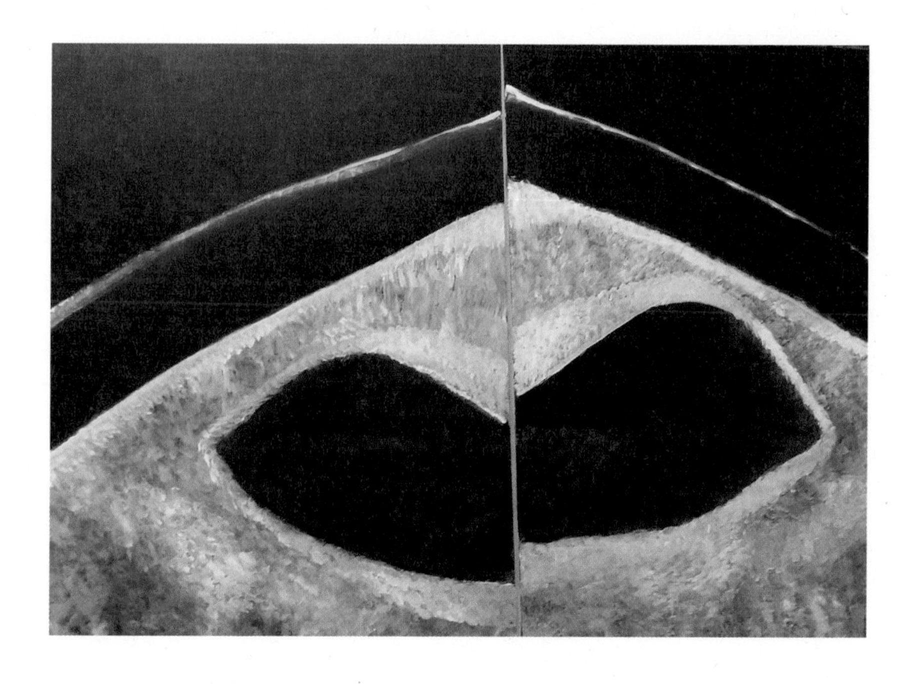

다 다

20세기 양차대전을 치르며
인간은 파괴돼야 할 살덩이에 불과해졌다
양심이나 가치관도 뭉개버리고
탐욕과 살육, 공포만이 현실이 된 세기
예쁜 그림은 차라리 위선이 돼 버렸다
예술이 스스로 자신의 미의식에
가위질과 우롱을 하며
아무것도 아님을 선언한 시대
표현 한계의 둑은 무너지고
장르 간의 벽이나 이즘도 사조도 깨버렸다
거대한 자유는 해체된 밥그릇으로
모든 경계는 무너지고
예술이기도 예술이 아니기도 한
먼지와 얼룩의 혼합이 돼 버렸다

입체주의

사는 일이 일차원적 단순함이 아닐진대
표현도 다각도로 바라보는 게 좋겠지
울퉁불퉁한 느낌
삐뚤빼뚤한 시각
곡선과 직선의 울부짖음
색들이 펼치는 평화와 전쟁
그림에도 선과 색채에
안경을 끼우고
인공 관절을 넣고
비행기에 올라탄
사이보그가 많아졌어
예술이 올록볼록한
기계와 뒤섞여
기계예술이 돼 버렸어

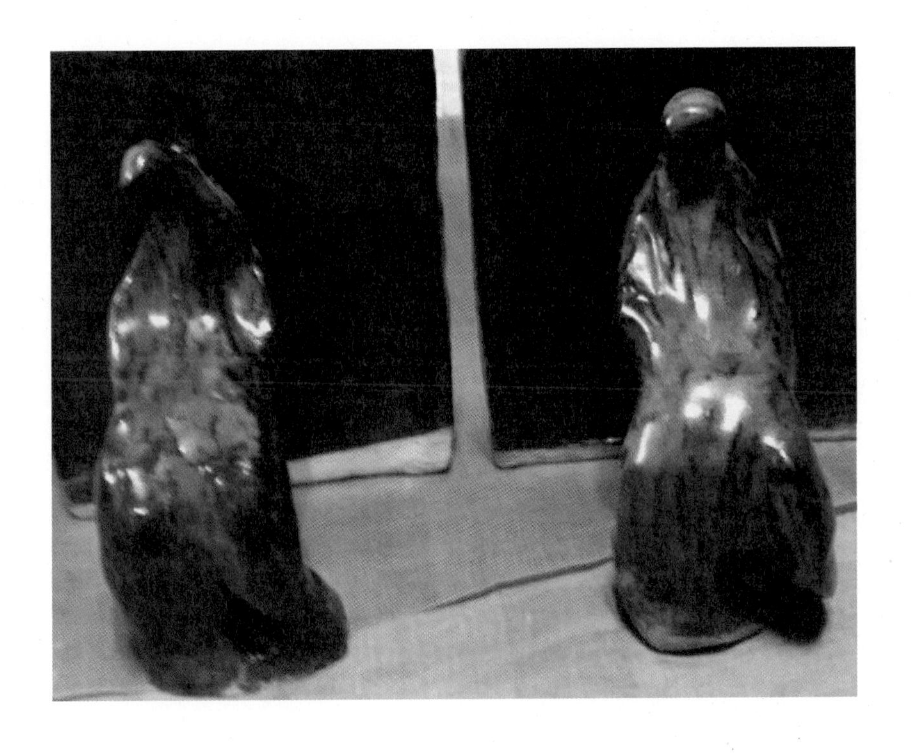

위 로

마음은
늘
위로받을 지팡이가
필요합니다
누군가가 있다면
사랑하고 싶은
누군가가 있다면
부드러운 축복을
꿈꿀 수 있겠지요
마음은
늘
그리움을 건넬
시선의 사다리가
필요합니다
그대가 없다면
그대 향한
소망을 모아서라도
사랑하고 싶은 따사로운 향기
곱게곱게 꽃 피워 드릴게요

우리가 운명 같은 사랑이라면

네가 소금쟁이라면
냇물이 되어 고여 있을게
네가 물 위를 성큼성큼 건너갈 수 있게

네가 박넝쿨이라면
막대가 되어 낡아질 때까지 서 있을게
나를 휘감고 더 멀리 뻗어 나갈 수 있게

네가 파도라면
방파제 벽이 되어 기다릴게
네가 지쳐 부딪혀 쓰러져도 다시 일어설 수 있게

네가 나를 손잡아 준다면
아무리 추운 겨울에도 서로 얼지 않게
내 모든 온기를 네게 나누어 주리

우리가 운명 같은 사랑이라면
아아, 너를 향한 촛불이 되어
내 온몸이 타들어가 녹는다 해도 나는 좋으리

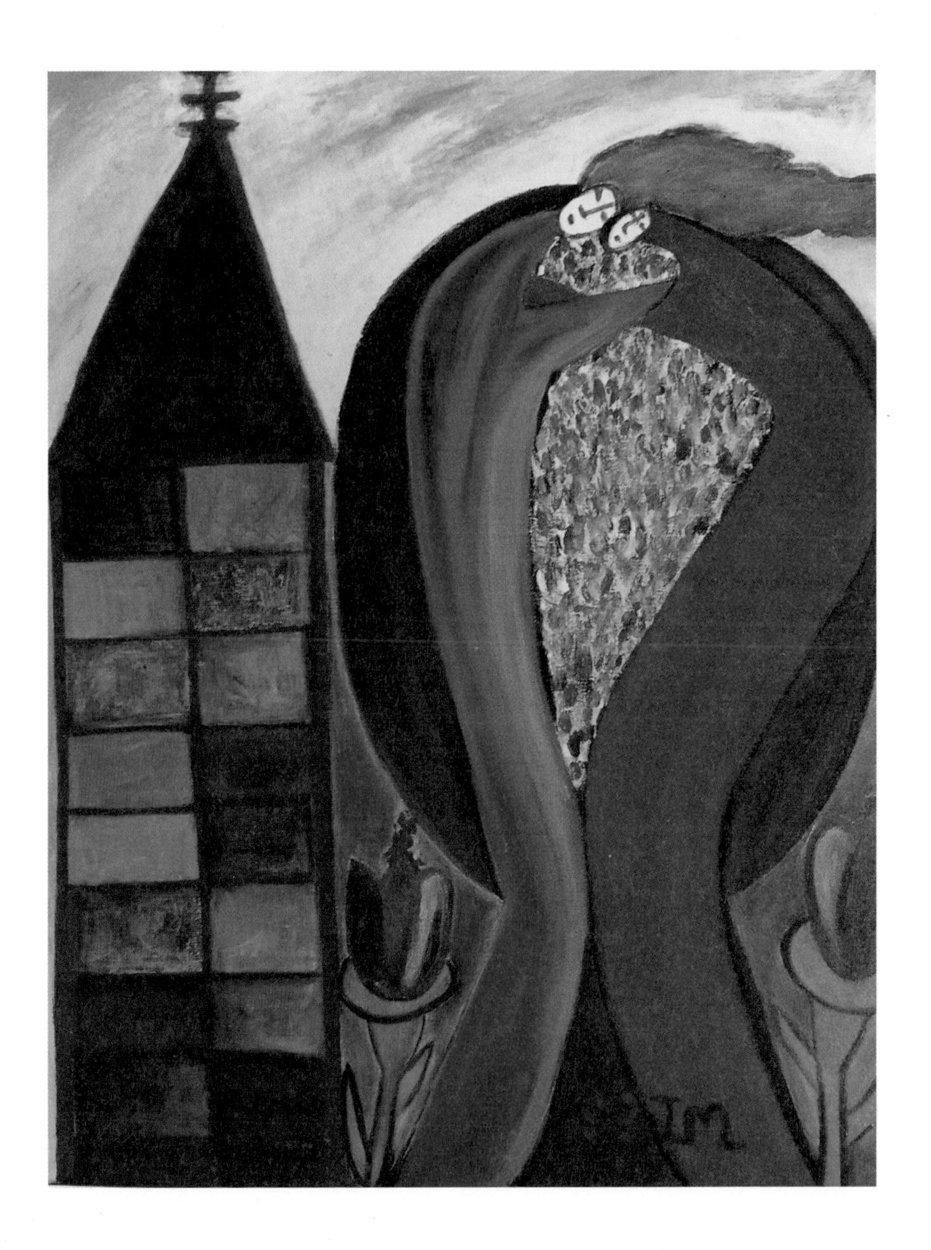

마음이 허한 날

마음이 무지 허기진 날
커다란 화실의 예쁜 여류화가처럼
그림에 홀딱 빠져서
온몸으로 땀 흘리며
미쳐 보고 싶은데
미쳐지지도 않고
이렇게 무기력하게 푸념하는
내 자신이 무지 싫고 슬퍼져요
조르즈 상드, 버지니아 울프, 프리다 칼로
그리고 불꽃의 영혼
전혜린, 최욱경……
불붙지 않는 마음
뜨겁게 열을 낼 수가 없어
울고 싶어서
붓을 들지 못해서
감성의 갈기만 뾰쪽하게
세워 봅니다

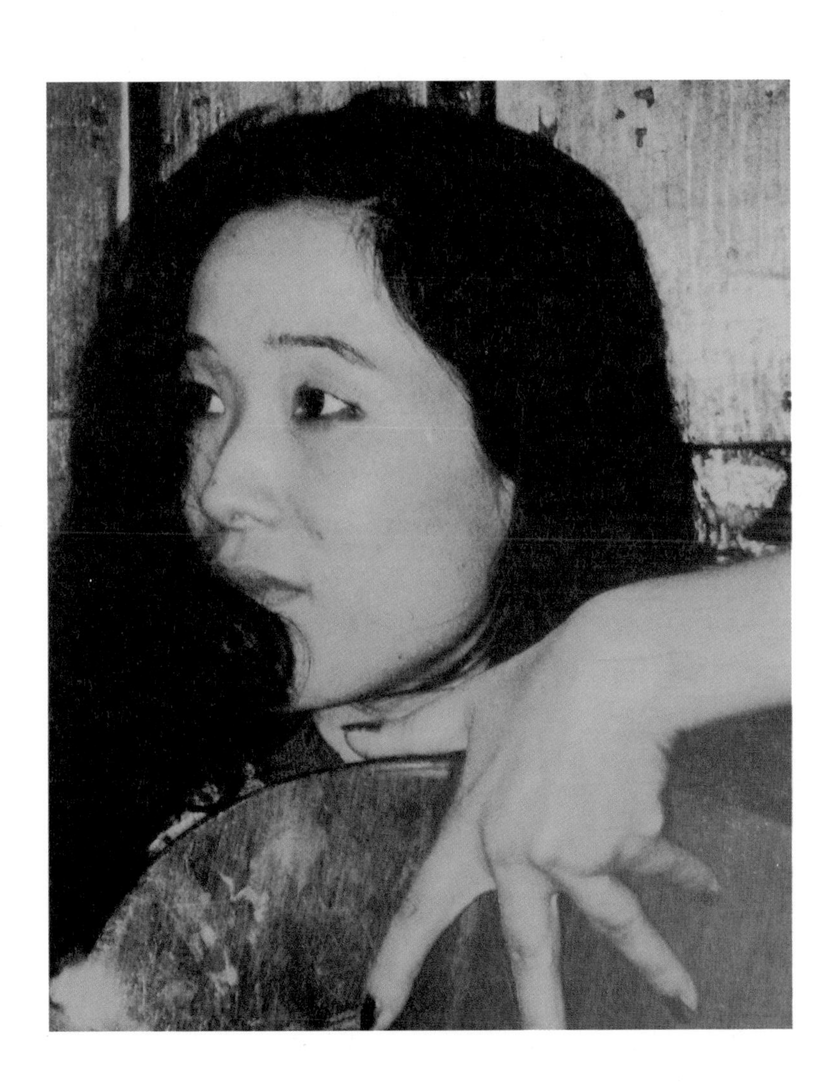

오늘은
벼락 맞고 싶은 하루입니다

그대여
벼락으로 우르르 쾅
나를 감전시켜야만
그대 진심을 알 수 있을까요?
내 영혼은 캄캄한 어둠속을
헤매입니다
사랑의 천둥 번개를 내리치소서
나는 갈라터진 논두렁이 되어
빈사의 목마름에 타들어갑니다
어찌하여 위로의 비 한 방울 떨구지 않나요?
온 세포가 슬픔의 못에 찔려요
제발의 눈길을
바람으로라도 흘려 줄 순 없나요?
그리움의 세월이 떠내려갑니다
오늘은 벼락 맞고 싶은 하루입니다

비워 둡니다

비워 둡니다
그대가 보일까 하여
마음의 담벼락을 비워 둡니다

비워 둡니다
그대 모습 지워질까 하여
그리움의 샛길을 비워 둡니다

비워 둡니다
그대가 행여 나를 찾을까 하여
홀로 있는 시간을 비워 둡니다

비워 둡니다
시간과
사랑을 비워 둡니다

그대를 운명과
미지의 태양으로
비워 둡니다

지도 없는 인생의 지도

미지의 시간은 두려움을 줍니다
무소의 뿔처럼 혼자서 가는 시간은
아프기도 합니다
과거를 깡그리 벗겨 내는 시간은
공포스럽기도 합니다
낙원동산이 없기에 둥지 떠난 새는
떨고 있지요
잡아 줄 손이 없는데 모험의 길은
험난할 것입니다
그래도 새로운 삶을 위해
떠날 수 있어야만 합니다
기다릴지도 모를 희망의 싹을
지켜 내기 위해서요
비겁하게 안주하지 않고
모험을 해 보려면
지도 없는 인생의 새 지도를
개척해야 되겠지요

아름다운 꿈을 좇는
파랑새를 놓칠 수 없어
한 번쯤은 온전히 광야에 서서
헤매이고 싶습니다
운명의 벼락을 온몸으로 받는
피뢰침이 되고 싶습니다

오늘도

오늘도
세상이 궁금해서
태양이 높게 떠오릅니다

오늘도
어루만져 주려고
산들바람이 나뭇가지마다 나부낍니다

오늘도
기회를 잡아 보라고
시간이 내게 다가섭니다

오늘도
아름다움 키우라고
향기로운 꽃이 어여쁘게 피어납니다

오늘도
사랑하며 살라고
하늘이 파란 눈을 뜹니다

여름날의 휴식

풀 잎새 이슬로 초롱초롱
하늘 한 모금씩
마시고
빈 웅덩이 갸웃갸웃
흐르는 구름도
머물다 가고
병아리, 오리, 고양이, 강아지
아기염소, 송아지도
풀밭에서
졸다가
꾸뻑
여기에선
시간도
낮잠을 자면서
쉬어 갑니다

IM

내 안에 씨앗이 있습니다

내 안에 씨앗이 있습니다
인간이 되라는 소망의
보랏빛 씨앗이 있습니다
내 안에 뿌리가 내립니다
평화의 길을 가라는
파란색 뿌리가 내립니다
내 안에 싹이 틉니다
살며 사랑하는 희망의
초록빛 싹이 틉니다
내 안에 싹이 자라납니다
따사로운 꿈을 머금은
주황색 줄기가 자라납니다
내 안에 꽃이 핍니다
아름다운 성숙의
빨간색 꽃이 핍니다
내 안에 꽃의 열매가 열렸습니다
모진 폭풍우를 견뎌 낸

희디흰 열매가 열렸습니다
내 안에 열매가 지고
눈이 내립니다
하나씩 비우며 떠나는
여유의 싸락눈이 내리고 있습니다

사랑하는 이여

사랑하는 이여
만나지 않아도
내 안에서 고운 햇살로
반짝이는 이여
그리운 이여
소식이 없어도 내 안에서
강물로 출렁이는 이여
보고 싶은 이여
말하지 않아도 내 안에서
아기 새로 노래하는 이여
잊은 듯 잠잠하여도
꽃의 향기로 다가오고
취한 듯 기도로 맴도는 이여
그대 있음에
오늘도 하늘이 더 푸르고
희망의 무지개가
떠오릅니다

푸른 하늘의 길

그대여
푸른 하늘의 길
파란 바다의 길이
열렸네요
오늘만은 푸른 꿈을 꾸며
걸어가라고
파란 꽃도 싱싱하게
피었습니다
사랑합니다
파릇파릇하게
희망의 발걸음 함께
내딛어 봐요
푸르디푸른 하늘의
공기를 마시며
참았던 파랗게 멍든 울음도
토해내 가며
푸른 청춘의 발걸음
내딛어 봐요

91.JM

노 랑

노란 꽃비로
찾아오신 당신
지저귀는 새소리를
축복의 소식으로
들으렵니다
작은 꽃 잎새에도
가벼운 공기 방울에도
밝은 빛이 선물로
담겨 있고
빛을 향한 마음은
작은 바람결에도
희망의 노래를
듣습니다

비가 내려요

그리움의 꽃비가 내려요
빗방울 입술에
마음이 빨려듭니다
그림 그리는 일손을 멈추고
비가 물감을 짜내어
휘두르는 붓 자국만
바라봅니다
나무가 번지고
산이 번지고
대지가 물들었네요
그리움의 꽃비에
잠겼습니다
빗방울 소리에
꽃 잎새가 파르르
떨고 있네요
이제야 목마름을 축이는
고마운 꽃비입니다

타샤 튜더

35만 평의 쓸모없는 땅을
40년간 지상의 낙원으로 가꾸고
노루 사슴들이 뛰어노는 정원을
맨발로 걸어다니는
영혼이 바람처럼 자유로운 사람
동화를 쓰고 그림을 그리지만
그보다 더 위대한 예술은
생명을 키우는
흙의 마술사가 돼 버린 것
거대한 풍경을 만들고
그 풍경의 아름다움 속에
통째로 녹아든
멋진 여자

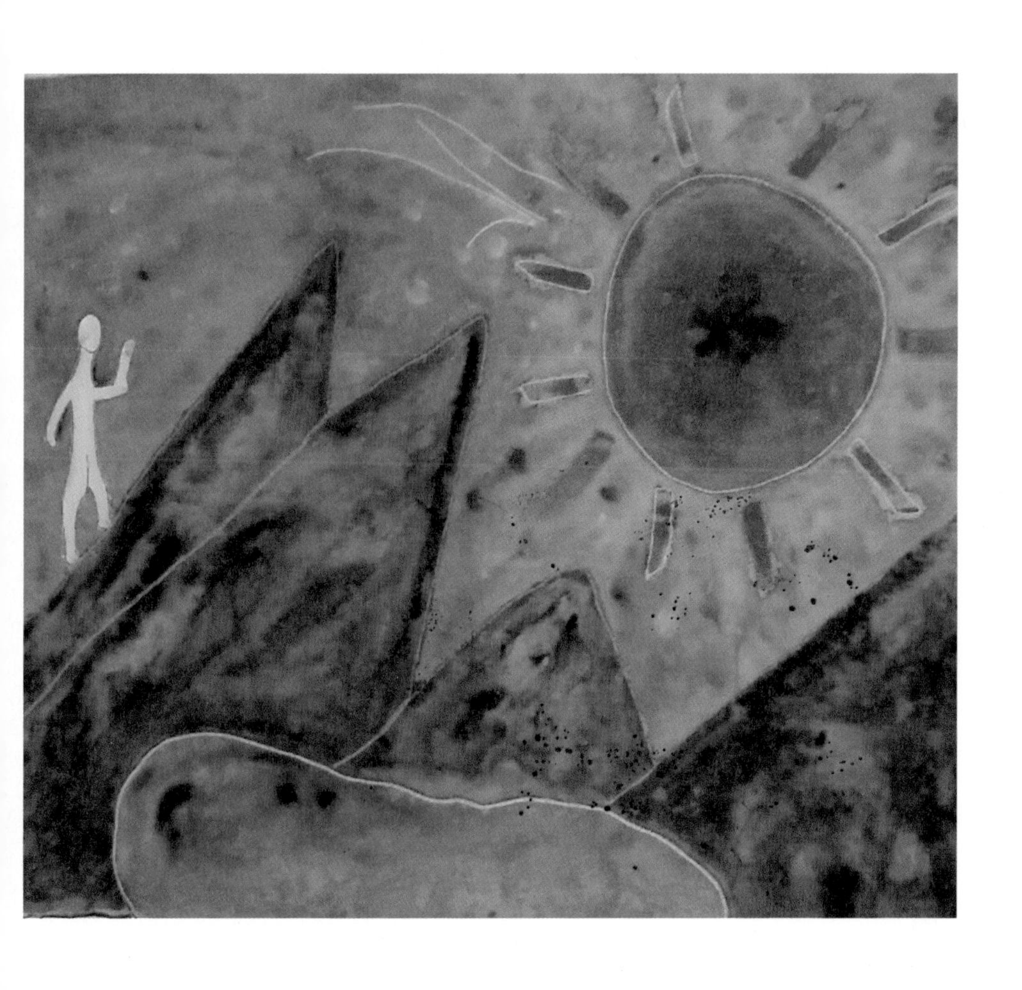

해바라기

너를 향한 그리움으로
해바라기가 되어
진종일 샛노란 현기증에
꽃을 피우다가
오도 가도 못하는 아픔으로
뜨거운 햇살이
새까맣게 타들어간
까만 씨가 되었다
고흐의 광기가
내 안에서 번득이는 날
매미 울음소리가
폭발음으로 쉴 새 없이
터져 나오고 있다

물들어감

꽃 가까이에서
꽃으로 물이 듭니다
꽃이 내가 되고
내가 꽃이 되는 물듦입니다
사랑하는 마음으로
하늘을 보면
내가 하늘에 물들고
하늘이 나로 물들어가지요
하늘처럼 푸르고
꽃처럼 향기로울 때
세상이 더 아름답게 보여서
어떤 시련이 와도 견디어 낼
힘이 생깁니다
어떤 모험에도 뛰어들
자신감이 불끈 솟아납니다
아름다움은 영원한
기쁨입니다
사랑하는 마음은
영원한 아름다움입니다

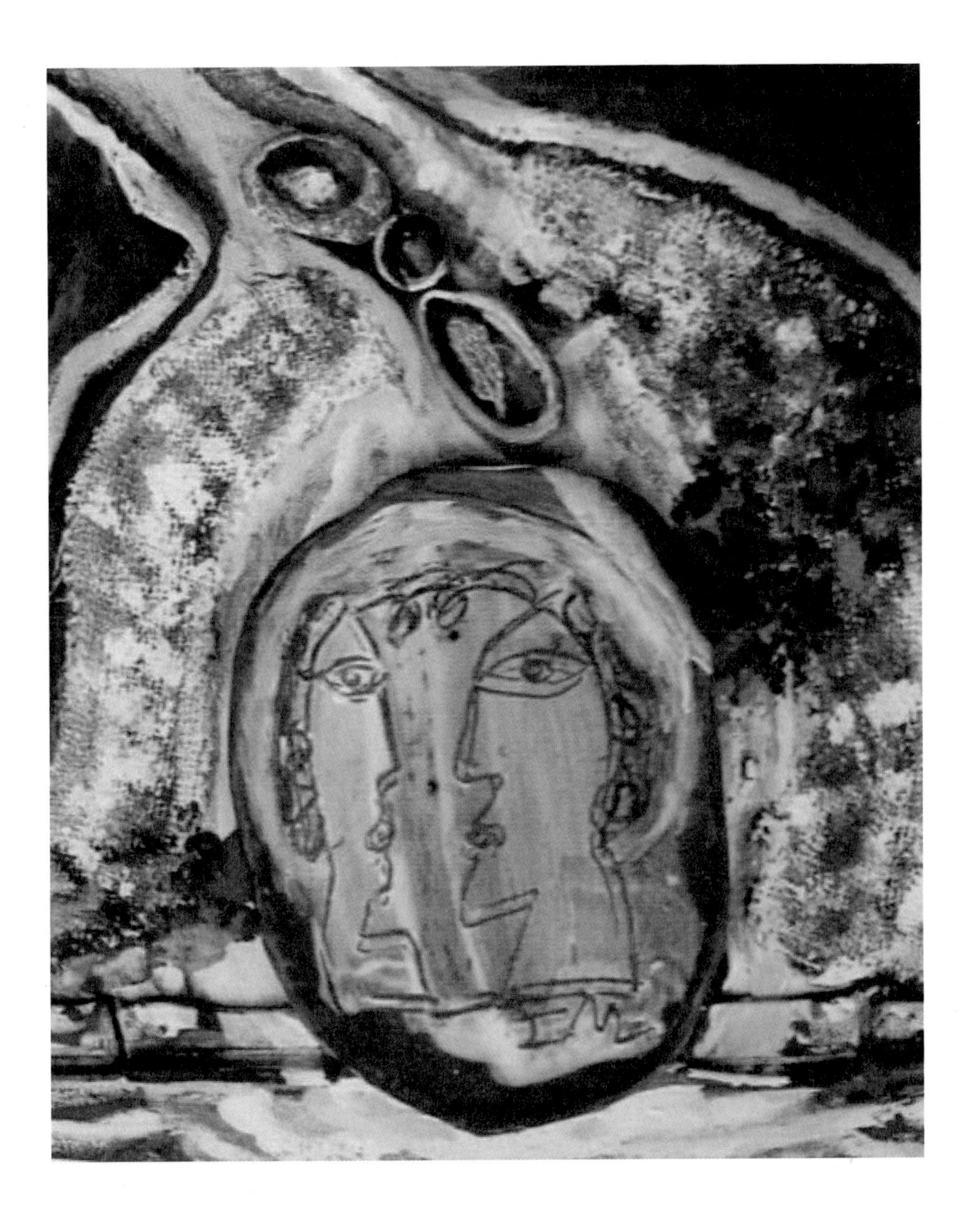

예술가의 삶

강산이 세 번 바뀌고도 남을
긴 세월을 지나왔는데
아직도 가야 할 길이 까마득해서
정처 없음에 눈물이 납니다
애간장을 녹이며
작은 지푸라기 하나 겨우 건져 보지만
너무 작은 작업 앞에
가슴이 아파 옵니다
이걸 위해 그토록 모진 세월을
매달린 것인가?
예술도
인생도
정말 허망하고
속절없기는 마찬가지네요
그러나 폭풍우 속에도
농부는 밭을 갈듯이
시련과 아픔을 형상과 색으로 녹여

오늘이나 내일도

배고프고 외로울지라도

작가는 묵묵히 그 길을

가야만 합니다

삶의 지혜

삶의 지혜는
자연을 항상 가까이 바라보고
세상을 넓게 통찰하며
책을 다양하게 많이 읽고
자신의 내면을 깊이 들여다볼 때
생겨나는 것이라죠
오늘도 지혜를 향한
힘찬 발걸음이 되었으면
좋겠네요
하루의 새날을 감사하면서
내게 오는 따뜻한 사람들을
사랑하고
축복합니다

91.IM

인연의 고리

만남과 헤어짐
끈적이는 기쁨과 통렬한 고통
살아온 시간의 빛과 그림자들

"하나의 세계를 만나기 위해
새는 알을 깨고 나오지 않으면 안 된다
알은 또 하나의 세계이다"*

새벽은 어둠을 깨고 일어서며
아이는 어미의 자궁을 찢고서 태어나고
운명은 사랑의 망치로
자신을 깨부수기도 한다
우좌지간에 주사위는 이미
내던져진 것
죽는 그 순간이 올 때까지
열정의 불꽃으로 뜨겁게 불사르다가 가리

* 헤르만 헤세의 『데미안』 중에서 인용

꽃은 봐 주는 이 없어도

아름다움을 활짝 터트려

홀로 즐길 따름이니

꽃보다 더 소중한 인생길이야

말해 무엇하리

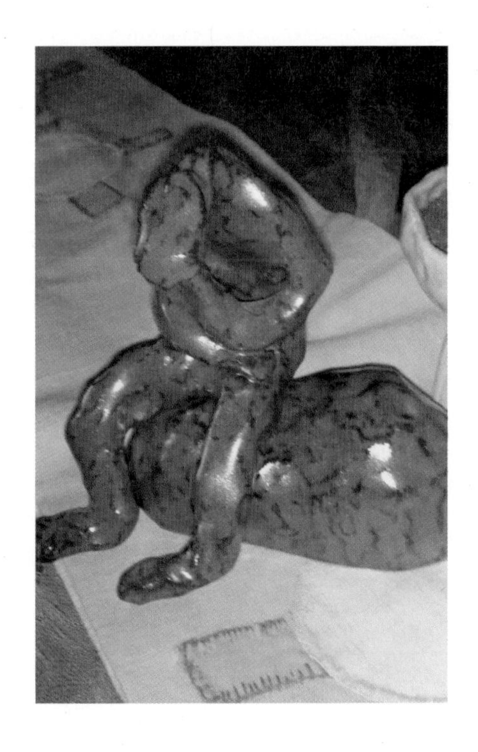

이별을 앞두고

제 마음을 텅 비우게 하소서
온종일 아플지라도
울면서 기도하게 하소서
저로 인해 헤매는 영혼이 없도록
함께 울게 하소서
쓰라린 아픔들을 용서할 수 있는
여유를 주소서
제가 걸은 발자국이
가슴에 상처로 남을지라도
인생은 살아야만 하고
길은 떠나야만 하겠지요
한때나마 부족한 저를 사랑하고 지지해 준 마음을
잊지 않고 감사하게 하소서
텅 빈 생의 시간 앞에
겸허히 울게 하소서
제가 만난 인연들을 감사하며
축복하게 하시고

제가 감당하지 못한 인연은

온전히 내려놓을 줄도 아는

지혜를 주소서

소 망

세상의 아름다움으로
바라보는 하루이길 원합니다

세상의 고귀함으로
더불어 고귀해지길 원합니다

세상의 희망을 일으켜 세우는
희망의 노력을 원합니다

세상의 평화를 지키는
자비로운 정의를 원합니다

세상의 간절함으로 이루는
사랑의 사람이 되길 원합니다

아픈 기억의 종유석

누구나 자기 안에
동굴 하나쯤은 지니고 있지요
슬픔의 깊이
비밀의 깊이
상처의 깊이
경험의 깊이
사랑의 깊이에
따라
차이는 나겠지만
종유석이 되어
십만 년에 1cm씩 자라는 것과는 달리
하루에도 몇 mm씩 자라는
돌연변이의
아픈 기억의 종유석!
자신을 깎아내리는
비수가 아니라
혼을 밝히는
진주가 되기를

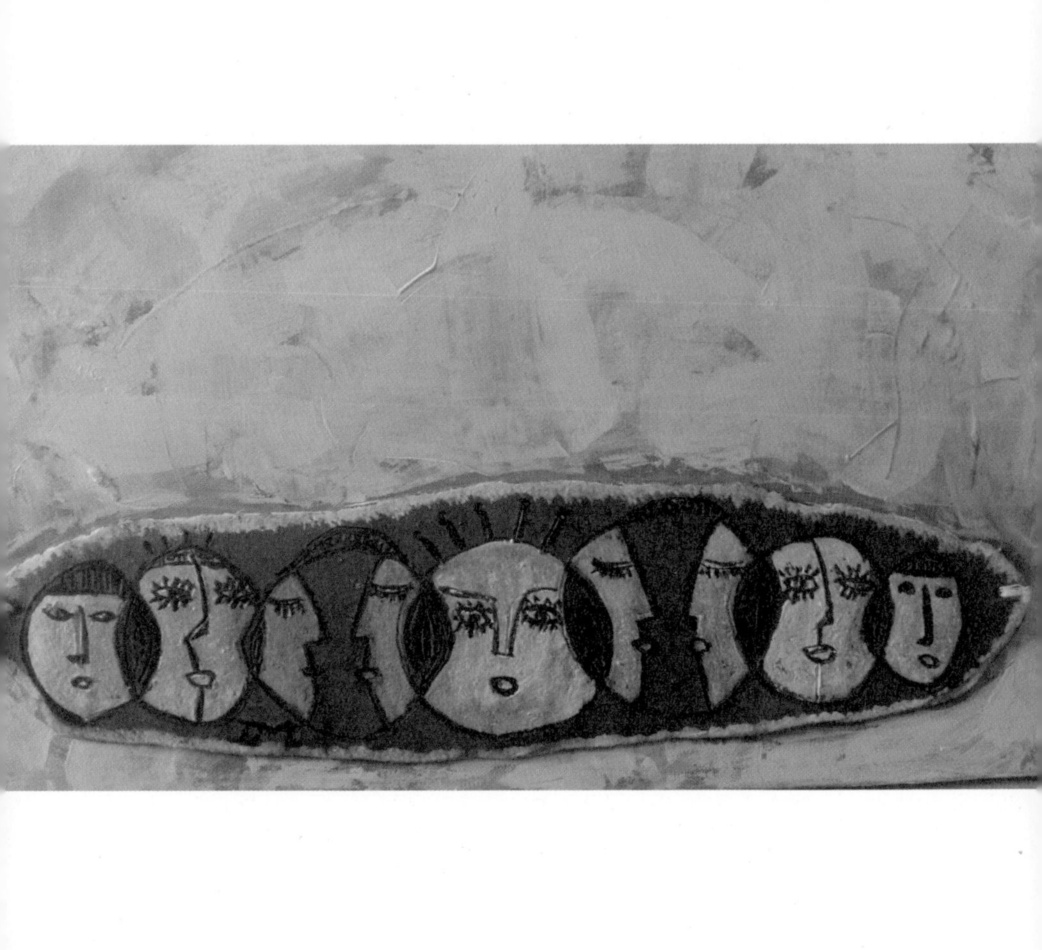

입 술

입술은
오늘도
속삭이길 원한다
사랑해

입술은
오늘도
먹기를 원한다
감사해

입술은
오늘도
느끼길 원한다
키스해

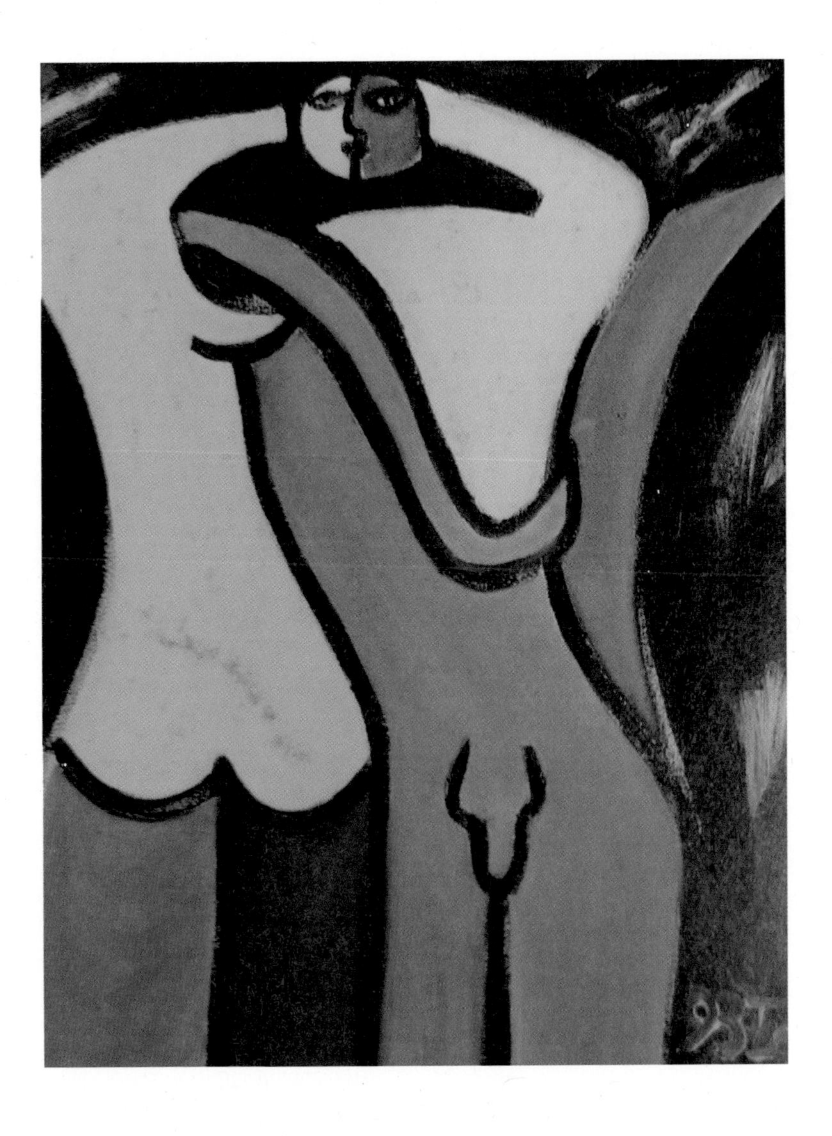

호기심

창조란
어린아이의 순수함이다
세상을 늘 새로운 시선으로
바라보는 건
유희정신과 유머
호기심을 잃지 않는
어린이 마음일 때이다

열정의 무모함은
실패할지라도
후회하지 않는
계산 없는
때묻지 않은
모험심이다

추억이
비가 되어 흘러내릴 때

비만 내리고
모든 색깔을 먹는
하얀 비만 내리고
나의 시간도
비가 되어 내리고
추억을 하얗게 표백하는
하얀 지우개의
무상한 비가 내리고
떠날 생각에
모든 끈들을 자를
가위질하는
비가 내리고

괜찮다 다 괜찮다고 하는
서 있는 땅을
꼭꼭 다지는
방망이질의 비가 내리고
나는 종일 꼼짝없이
비의 작두 위에 서서
하얀 도화지로
이름 없는 무명씨로
찢겨지고 닳아져
사라져 가고 있다

고통받는 인간은 고기이다

"고통받는 인간은
고깃덩어리이다"*

고통이 주는
당할 수밖에 없는 무기력함
그래도 자유의 길을 찾아
탈출할 수 있는 것도
부서질지언정
저항할 수 있는 것도
오직 사람만이
누릴 수 있는
고유한 선택이다

나는 이제 자유이다
자유에는 그만큼의 대가가 따른다
누가 뭐래도
나는 나라는 유일한 존재이다
가난하고 외로울지라도
구차한 억눌림에서 벗어나
나만의 삶을 꾸리고 싶다

* 화가 '프랜시스 베이컨'의 말

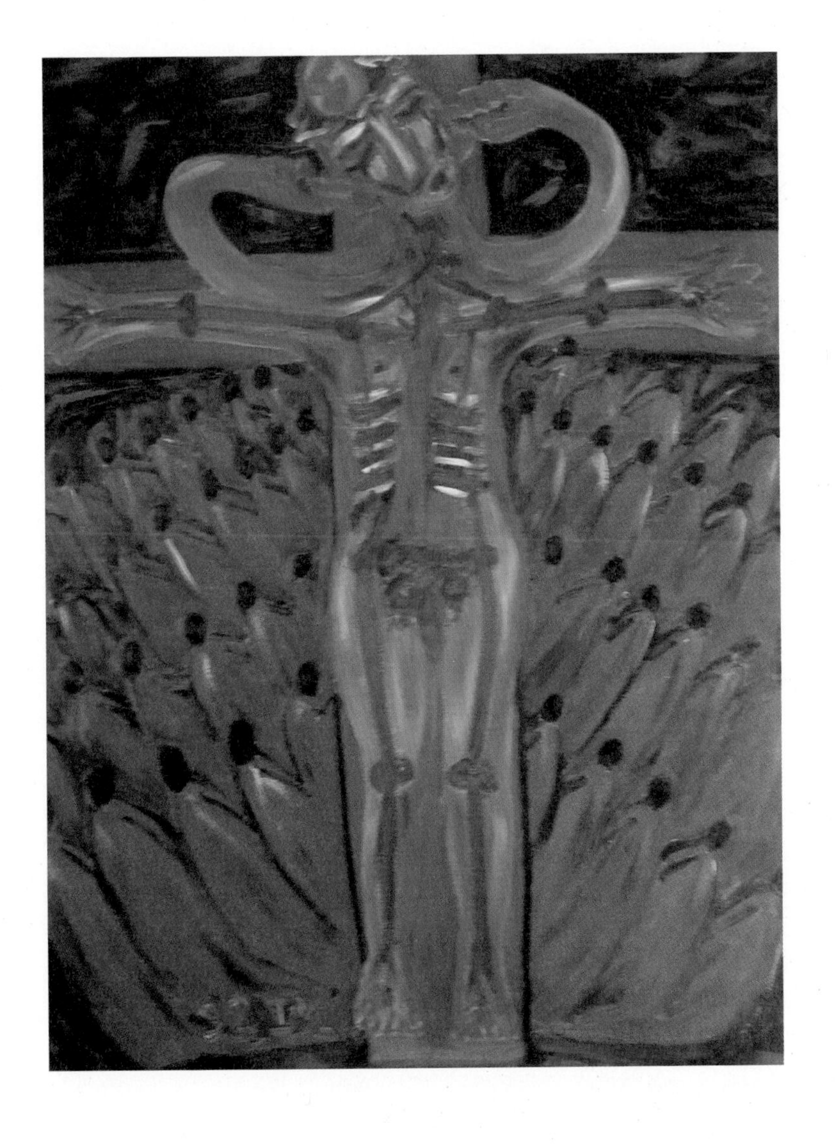

비 움

하늘을 보고
나를 비웁니다
내 안에 소망의 하늘
가득 차게 하소서
햇빛을 보고 나를 비웁니다
내 안에 따사로운 햇살
가득 차게 하소서
새소리를 들으며 나를 비웁니다
내가 새처럼 맑게
노래하게 하소서
떠올리기만 해도 눈물이 나는
슬픔을 비웁니다
내 안에 고운 사랑이
꽃피우게 하소서
상처의 아픔과 길이 보이지 않는
어둠을 비웁니다
내 영혼이 치유되어

감사와 자비로 넘치게 하소서
비우면 채워 주시는 하늘의 섭리로
내 안에 희망의 씨앗이
열매 맺게 하소서
바다 곁에선 바다가 되고
풀잎 가까이에선 풀잎이 되는
하나 됨의 유연함을
내게 허락하소서

폭포수

그리움이
폭포수 되어
그대 향한
바다로
떨어집니다
내가
그대 품에
안길 때에
파도가 되어
산산이
부서진다 해도
나는
감동의
무지개로
하늘 높이
떠오를 겁니다

용감해

이 무더운 날
미친 짓을 할 수 있는 사람
권태를 박차고
살아 있음을 증명하려
땀 흘리며
도전하는 사람들
용감해
여름의 영웅들
그대들은
침을 뱉어도 좋다
굴러가는 자전거 바퀴나
바람
사라져 가는
순간의 짜릿함에
맘껏 침을 뱉어도
다 용서가 되리

아름다움의 심연 속으로

폭포여!
때로는
너처럼
사정없이
추락하고 싶다
아름다움의
심연 속으로
사랑!
그 도달할 수
없는
미지의
바닥 모를
깊이에까지…….

보라색

오늘은 보라색에 미쳐
보라의 무릉도원에
머물겠습니다
이렇게 무더울 때
그냥 아무 생각 없이
보라나라에 남겠습니다
살과 뼈가 보라로 물들어
오후쯤이면 보라색 눈물
보라색 땀방울
보라색 피로 물들어
있을게요

행여 내가 그립거든
길가의 보라색 꽃
아무거나 들여다보세요
그 안에서 내 영혼이
보랏빛 예쁜 미소를 짓겠지요
하늘도 바람도
온통 보라
내 그리움도
보랏빛입니다

93.IM

노래하는 돌멩이

눈을 감고 생각을 모으면
그대가 조금씩 떠오릅니다
그대를 만나는 길이
마음으로 난 샛길이기에
아주 조심스럽게
생각의 돌들을 맞추었더니
징검다리도 놓이고
강물도 흐르고
둥근달도 떠올랐어요
함께 낚싯대를 드리우고
시간을 낚는
고요의 사냥꾼으로
정적에 감싸입니다

기다림의 강물은
가지도 오지도 못하여
침묵의 물고기들은
입을 벌리지 않네요
오직 노래하는 돌멩이만이
그리움의 발자국이 내는
간절한 숨소리를
들려줄 따름입니다
그 고요함만이
침묵도 멋진 노래임을
깊게 느끼게 해줍니다

시간의 선물

오늘을 시원하게
오늘을 새롭게
오늘을 무기력하지 않게
오늘을 힘차게
오늘을 산뜻하게
오늘을 독립적으로
오늘을 해맑게
오늘을 넉넉하게
오늘을 건강하게
오늘을 싱그럽게
오늘을 기도하며
오늘을 사랑스럽게
오늘을 보다 소중하게
오늘은 오직
오늘뿐이니까
오늘을 가득 찬
감사함으로

하 루

끼를 부리는 하루
개성이 넘치는 하루
어떤 상황에서도
기죽지 않는 하루
축구공으로
통통 튀는 하루
죽어도 결코 밀리지 않는
당찬 하루
가슴에
폭포수가 떨어지는 하루
세포가 깨어
노래하는 하루
아, 불사조의
하루를……
오늘
이렇게
심쿵!

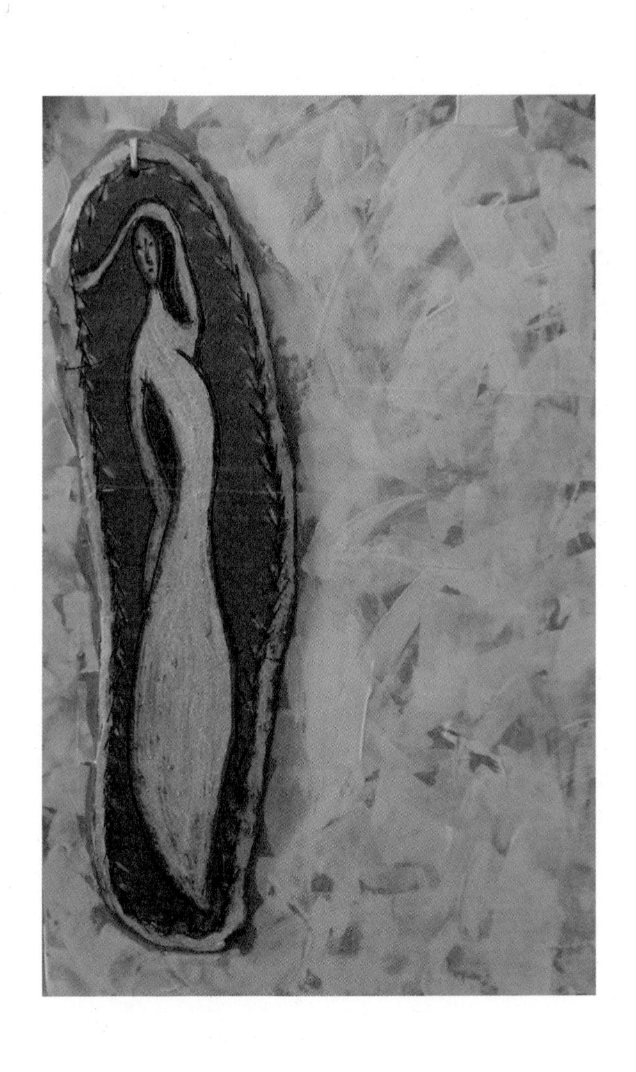

무조건

무조건이 좋아
무조건 끌리고
무조건 모험해 보고
무조건 최선을 다해
노력하고
무조건 열광하고
무조건 호기심에 빠지고
무조건 울어도 보고
무조건 웃어도 보며
무조건 태어났으니
무조건 살아 내는 거야
무조건 나를 사랑하고
무조건 너를 사랑하며
무조건의 방정식을 따르는 거야

그러다 보면
무조건 난 할 수 있게 되겠지
불가능해 보이는 것도
할 수 있을 거야
그것이 피를 끓게 하는
아름다운 일이라면
무조건 나를 불사를 거야

지금 이 순간

지금을 감사합니다
지금을 껴안습니다
지금 이 순간을 축복합니다
지금을 노래합니다
지금을 친구합니다
지금을 신뢰합니다
지금을 느껴 봅니다
지금을 맛을 봅니다
지금을 응원합니다
지금을 인내합니다
지금을 헌신합니다
지금을 사랑합니다
지금은 내가 미칠 수 있는
가장 좋은 순간입니다

나는 미친놈입니다

예술가는
나는 미친놈입니다
표현하기 위해 몸부림치고
실용성과는 상관없이
느낌에 충실하고 신명이 나면
며칠이고 날밤을 세우는
쓸모없는 일에 사로잡힌 나는
영락없는 미친놈입니다
상상 속으로 깊숙이 빠져
밥 먹는 것도 잠자는 것도 잊은 채
미지의 빛과 형태에 홀려 도취합니다
내 눈에 비친 순수에 대한 황홀한 탐닉
죽음조차 두려움 없는 유혹입니다
끊임없이 심장에 불꽃이 튀어
열정에 사로잡힌 나는
미친놈입니다

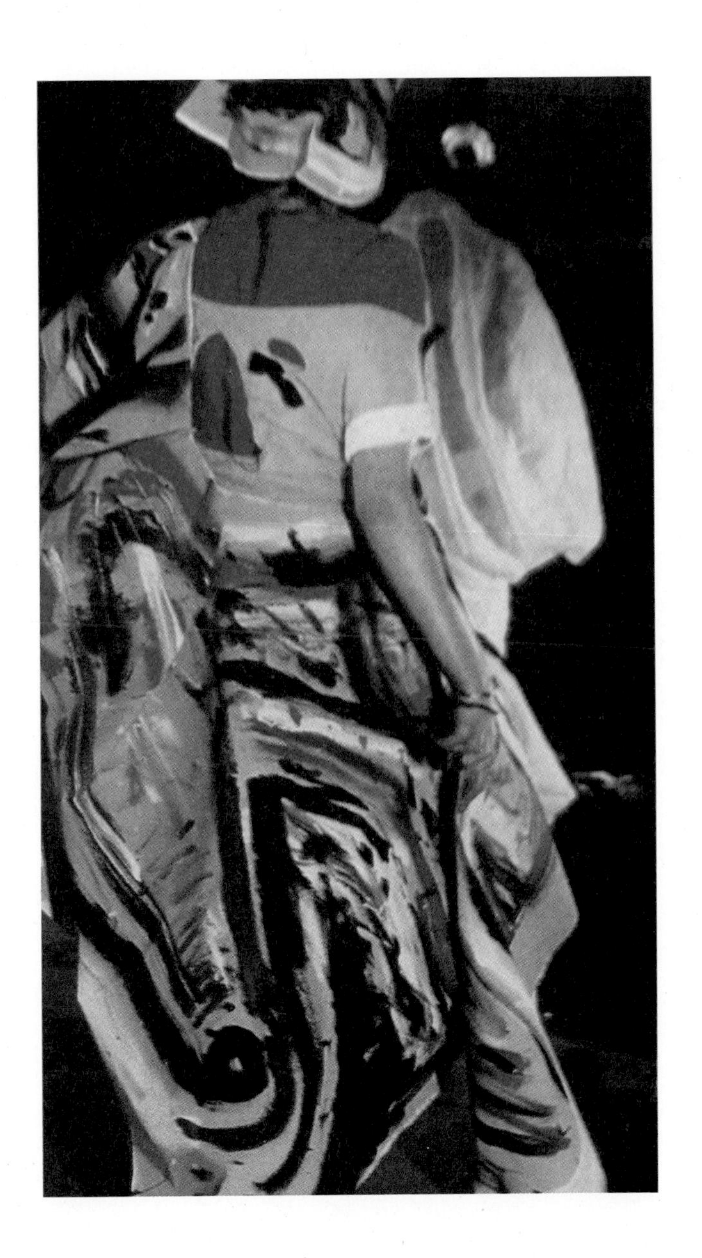

믿 음

믿음은

보이지 않는 미래를 보는 것

믿음은

불가능한 현실을 가능한 현실로 바꾸는 힘

믿음은

막연한 기다림에 꾸준히 골목길을 내는 일

믿음은

상대가 넘어져도 반드시 일어서길 응원하는 일

믿음은

의자가 되어 지치고 힘들 때 휴식처가 되어 주는 것

믿음은

자신의 잠재력에 꿈의 바퀴를 다는 것

믿음은

깊은 사랑으로 고귀함을 지키는 의지

그대에게 가고 싶다

그대에게 가고 싶다
그대가 바다라면
하얀 돛단배로 항해를 하고
그대가 하늘이라면
하얀 구름으로 떠다니리

그대에게 가고 싶다
그대가 깃발이라면
산들바람으로 나부끼고
그대가 손수건이라면
그리움의 눈물을 적셔 주리

오늘도 마음은 나그네 되어
길을 떠나고
그대 향한 오솔길은
닿을 수 없이 머나먼
보이지 않는 길

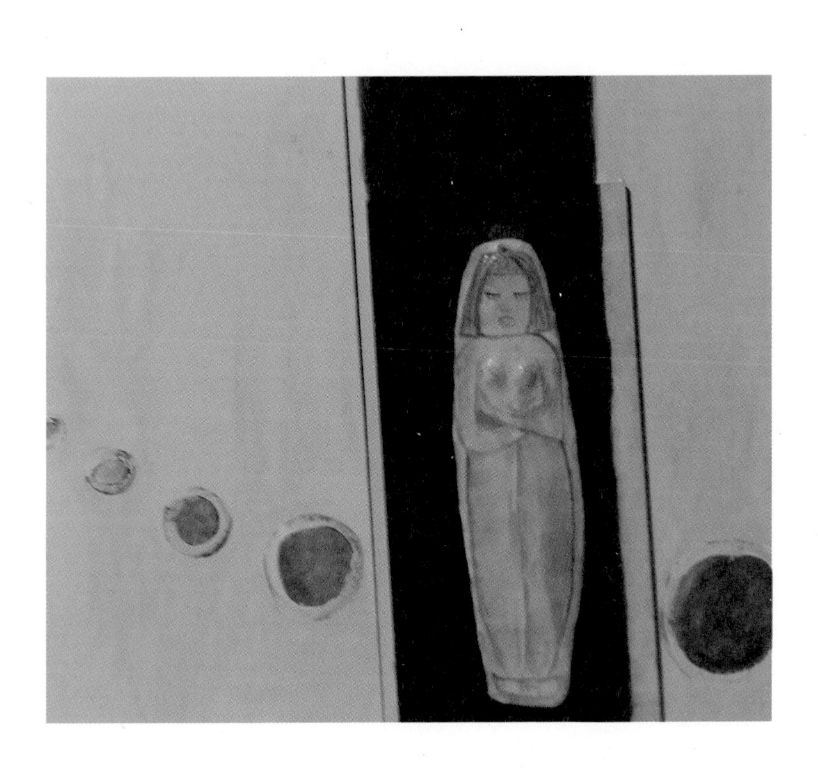

대지의 예술

자연은 이미
사람 손이
닿기도 전에
조화와 균형
품격
조형적 미를
지니고 있다
우린
다만
그것이
손대지 않은
야생의
아름다움임을
선택만 했을 뿐

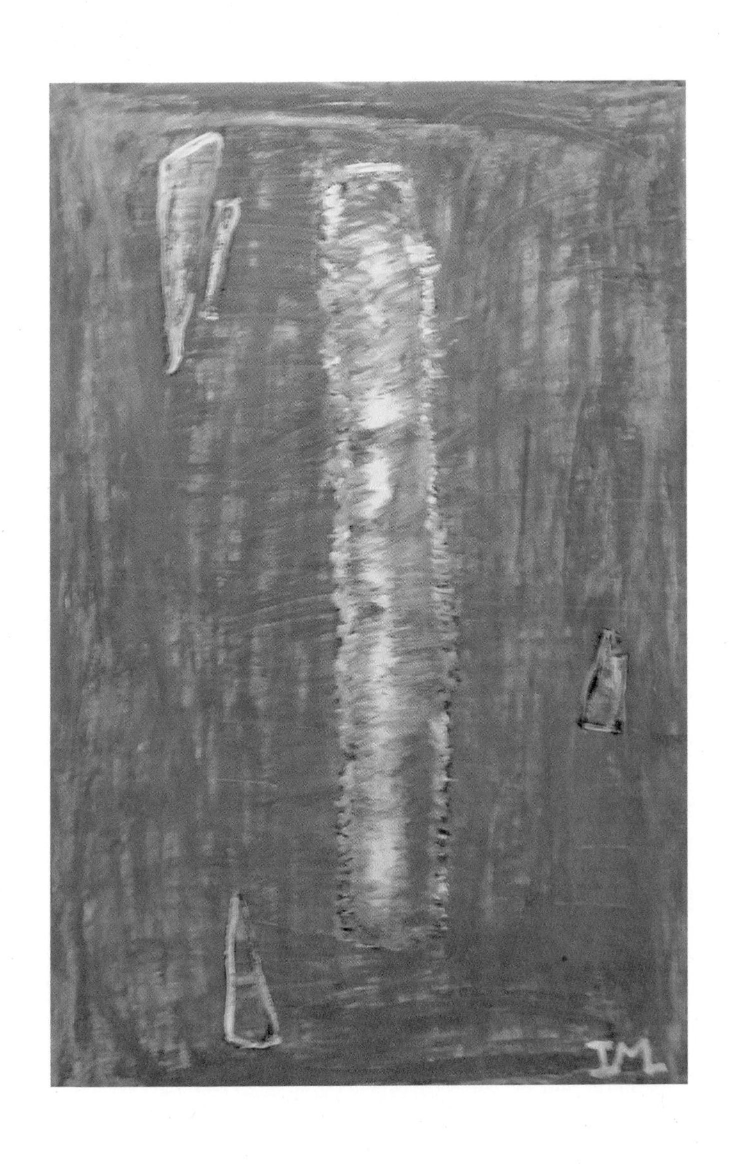

처절하게

피카소를 사랑했던 여인들은
모두 비극적인 말년을 보냈다
뭉크는 가족 대부분이 미치거나 죽어서
그 고통을 '절규'로 쏟아 냈다
천정화에 매달려 목을 가누지 못한 미켈란젤로
그림에 목숨을 걸다 미쳐 버린 고흐
영양실조와 병듦으로 요절한 이중섭
미의 사원을 만들고
타협할 수 없는 순수로 자살한 로스코
목숨을 바쳐 미를 추구했던
예술가들은 사는 동안 그렇게 처절했다
비극은 예술의 진정한 원천
생이 비극적일수록
우린 그들의 슬픔에 감염되어
감동을 먹었다

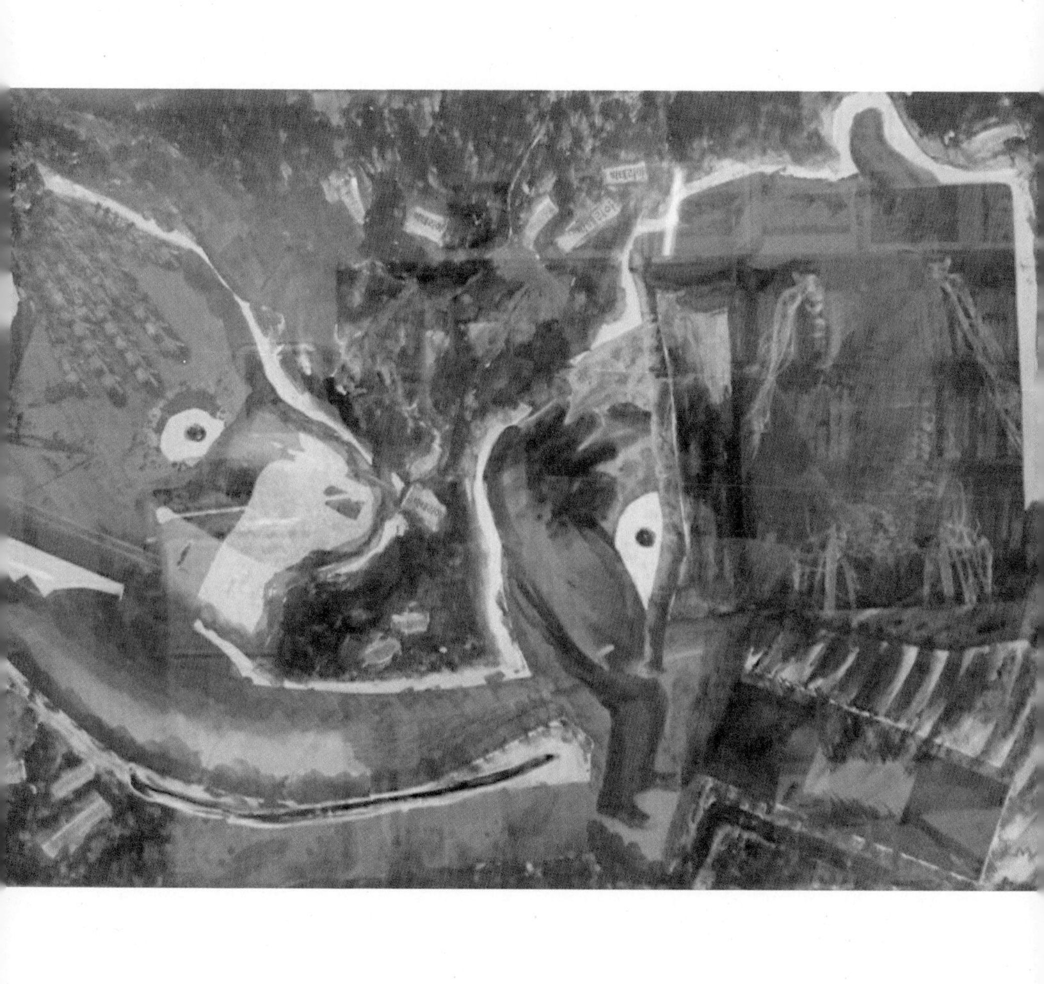

모딜리아니

모딜리아니
아프고
가난했지만
예뷔테른과의 사랑만은
세기적 전설이 된 사나이
예뷔테른이 없었다면
목이 긴 우수의 여인들이
탄생했을까
그가 온몸으로 간절히 사랑했기에
그림 속 여인들은
사랑스럽고 신비스럽다
모딜리아니가 죽자
임신한 채로 창문에서 뛰어내린 예뷔테른
사랑만이 삶의 모든 것이었던
순결한 영혼이기에
백년이 지난 지금도
우리의 심장이 두근거리는 게 아닐까

이 세상 밖으로

조롱 속에 든 새에게

"넌 무엇을 원하니?"
"죽고 싶어요"

요즘은 더욱
엘리어트의 시구에 빠져든다

죽고 싶어
죽고 싶어
죽고 싶어

내가 조롱 속의 새로
무기력하게 여겨질 때
종종 이 세상 밖으로
빠져나가고 싶다

임 경 숙

전남 해남 출생

1985년

프레리드라퍽뜨 의상과 데생학교 졸업

코스튬 떼아뜨르 연극의상학교 수료

죠오즈 샤레르 교수에게 판화 사사

파리8대학 그룹전

프랑스 젊은 디자이너 신인상 수상

퐁피두센터 아시아 여성 최초 두 차례 초대 패션쇼와 행위예술

유럽 아카데미 예술협회에서 동메달 수상

1986년

소금창고 초대 제1회 판화 개인전

금호문화재단 초대 제2회 판화 개인전 및 행위예술

1987년

주불 한국문화원 초대 판화전

1988년

시집『나는 생을 노래하네』출간

1989년

한·일 퍼포먼스 페스티벌

박종철·이한열 열사를 위한 죽음 퍼포먼스

1991년

개봉작 〈겨울애마… 봄〉 시나리오 집필

문화체육부 후원 폴란드 국제 퍼포먼스 페스티벌 참가 및 케냐, 인도, 이집트, 그리스 등 9개국 공연 여행

예술의 전당 D.M.Z. 그룹전

포항제철, 광양제철 초대 산업근로자를 위한 행위예술

경인미술관, 제3회 유화 개인전

Profile

1992년

대성리 설치 미술제 중 '정신대 통곡' 행위예술
수필집 『혼자 사는 여자』 공동 집필
수필집 『배꼽에 바람을 넣고』 출간

1993년

경인미술관, 제4회 유화 개인전
시인협회 초청 '한글을 위한 퍼포먼스'

1995년

대한민국 미술의 해 오프닝 퍼포먼스 〈문화 건설〉, 인사동
삼성항공 초대 전국 순회 퍼포먼스(6회)
수필집 『프로는 말이 없다』 공동 집필

1995~1998년

매 맞는 여성, 성폭력, 가정폭력 방지법 제정을 위한 퍼포먼스 다수
한국은행 초청 퍼포먼스 〈양심의 저울〉
살레시오 수녀회 초청 '아시아 일치를 위한 퍼포먼스', 잠실역도체육관

2000년

영원한 도움의 성모 수녀회 초청 퍼포먼스 〈너는 복이 되리라〉, 장충 체육관
도봉도서관 초대 〈너, 폐품? 아니, 나 작품〉 제5회 정크아트 개인전

2001년

안동대 초청 '퇴계 탄생 500주년 기념 퍼포먼스'

2002년

인도 아시아 여성 인권 세미나 초청 퍼포먼스 〈평화〉

2004년

KBS홀, '무용가 최승희를 위한 퍼포먼스'

2005년

평화화랑 초대 제6회 천연염색아트 개인전
수필 『천권의 책을 읽어야 아송이처럼 시인이 된다』 출간

2006년

살레시오 청소년 영성수련원 초청 퍼포먼스 2회

2007년

천연염색 그룹전, 서호화랑

살레시오 청소년 영성수련원 초청 퍼포먼스 2회

2008년

미국 뉴저지 한인 상록회 초대 '효를 위한 퍼포먼스'

살레시오 청소년 영성수련원 초청 퍼포먼스 2회

수덕사 초청 '시를 위한 퍼포먼스'

책 3,000권 읽기 시작(7월)

연세대 미디어아트센터, 상상력과 예술을 위한 특강 2학기

연세대 미디어아트센터 초청 퍼포먼스 〈Bodi-mation〉

2009년

인사동 보존회 초청 퍼포먼스

러시아에서 포르투갈 8개국 박물관 기행 및 이미지 여행

살레시오 청소년 영성수련원 초청 퍼포먼스 2회

연세대 미디어아트센터 초청 '상상력을 위한 퍼포먼스'

2010년

연세대 미디어아트센터 초청 '상상력을 위한 퍼포먼스'

살레시오 청소년 영성수련원 초청 퍼포먼스 2회

몽골, 중국 살레시오회 초청 환경을 위한 퍼포먼스

시집『아름다운 세상, 가슴에 품고 싶어서』출간

- 2011년

연세대 미디어아트센터 초청 예술과 상상력을 위한 특강
살레시오 청소년 영성수련원 초청 퍼포먼스 2회
홍사단 초청 '책과 예술' 강연

- 2012년

책 3,000권 읽기 끝냄(2월)
연세대 미디어아트센터 초청 '상상력을 위한 퍼포먼스'
살레시오 청소년 영성수련원 초청 퍼포먼스 2회

- 2013년

아트스페이스 소사 〈천연염색과 도예전〉 제7회 개인전
살레시오 청소년 영성수련원 초청 퍼포먼스 2회

- 2014년

미술세계 주관 〈아! 대한민국〉 초청 단체전
대한미협 〈동계평창올림픽〉 단체전
오사카전, 로마전 은상 수상
살레시오 청소년 영성수련원 초청 퍼포먼스 2회

- 2015년

교육연구위원회 초청 문화 퍼포먼스
대한미협 100인전 올해의 작가상 수상
뉴욕 단체전

- 2016년

살레시오 영성 수련원 퍼포먼스(코엑스)

- 2017년

제8회 개인전, 올화랑